我在淡水

——王亞茹詩集

「含笑詩叢」總序／含笑含義

叢書策劃／李魁賢

含笑最美，起自內心的喜悅，形之於外，具有動人的感染力。蒙娜麗莎之美、之吸引人，在於含笑默默，蘊藉深情。

含笑最容易聯想到含笑花，幼時常住淡水鄉下，庭院有一欉含笑花，每天清晨花開，藏在葉間，不顯露，徐風吹來，幽香四播。祖母在打掃庭院時，會摘一兩朵，插在鬢髻，整日香伴。

及長，偶讀禪宗著名公案，迦葉尊者拈花含笑，隱示彼此間心領神會，思意相通，啟人深思體會，何需言詮。

詩，不外如此這般！詩之美，在於矜持、含蓄，而不喜形於色。歡喜藏在內心，以靈氣散發，輻射透入讀者心裡，達成感性傳遞。

詩，也像含笑花，常隱藏在葉下，清晨播送香氣，引人探尋，芬芳何處。然而花含笑自在，不在乎誰在探尋，目的何

在，真心假意，各隨自然，自適自如，無故意，無顧忌。

詩，亦深涵禪意，端在頓悟，不需說三道四，言在意中，意在象中，象在若隱若現的含笑之中。

含笑詩叢為臺灣女詩人作品集匯，各具特色，而共通點在於其人其詩，含笑不喧，深情有意，款款動人。

【含笑詩叢】策畫與命名的含義區區在此，幸而能獲得女詩人呼應，特此含笑致意、致謝！同時感謝秀威識貨相挺，讓含笑花詩香四溢！

自序

　　2021年出版第一本詩集《居服員對白》，在此自己多了一個學習心得，詩就在自己的身邊，也多謝家人、朋友、導師、給予我鼓勵支持。詩作是我生活中的一部分，也謝謝生活、工作、情感、家庭，給予我詩作的聯想題材，讓我真情流露寫出真實的詩作。2023年新推出我的新詩集《我在淡水》，是我一情一意譜寫出來，希望讀者們能喜歡。

目次

第三輯　長照的詩

寫給淡水的詩

妳叫淡水

以前人叫妳滬尾

現在人叫妳淡水

妳聲音勝於響亮民謠

著名美麗島

外出人尋找妳

愛情故事中愛戀妳

為了印證

我要讀懂妳

航海史地圖上有妳

通往世界的大門

福爾摩莎名字

四百多年不曾變動

妳牽動台灣歷史

北台灣的經濟命脈

創下繁華年代

西式的教育、醫療在此扎根

如今的妳是歷史觀光港口

——金色水岸

走過妳的詩

走過妳的詩

想起妳的名字──淡水

在世界的盡頭認識妳

妳的故事奇特動人

以世界眼睛看妳

妳風情萬種

使人愛上妳

妳的多元文化

外來人口都能適應

但妳明眼告訴世人

不許破壞一磚一瓦

一樹一木一草一花

存在直到永遠

美哉滬尾

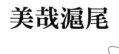

妳情繫世界和平之旅

藝術紐帶勇往直行

山水之間有笠影

河水湛藍

山脈相連

保留古厝文化素美

美食愛在口裡

我在此依偎妳肩膀

享受這一切

我的愛在此生根

淡水四季紅

淡水

我住淡水我愛淡水

妳的四季紅

季季在我心中釀滿

愛與希望

鵬飛理想與夢想

春季有新芽萌生

夏季陽光海浪熱情又浪漫

秋季淡水有豐收喜悅

世界詩人在此留下腳印

把台灣淡水的愛帶到世界各地

秋季淡水歡樂喜慶笑語

冬季櫻花盛開的季節

處處愛情故事

淡水四季紅芬芳

眺望淡水

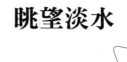

美麗淡水歷史長流

河水注入臺灣海峽

紅毛城歷經洗禮

西治時期　荷治時期　鄭氏時期

清治時期　日治時期　戰後時期

文化古蹟見證歷史變遷

眺望海天之間

耳邊盈滿觀音的祝福

大屯山望著淡水河的輪渡

河面的夕陽在撒嬌

歌詠長調情感永恆

我眺望淡水河　默默

讚嘆　生命的此岸彼岸

恍若有橋相連

美麗忠寮

忠寮桂花盛開季節

桂花撲鼻而香

詩人們

用心觸感　用詩歌頌

百年老厝燕樓匠世傑作

百年茄苳樹的年輪

記載著忠寮人祖先的努力

開發繁衍

啊！美麗忠寮

愛在忠寮

住在忠寮

生活在忠寮

我處處感覺

忠寮人的熱情

忠寮歷史悠久

一種人文氣質吸引

我定居永生情意

愛在忠寮

忠寮便當

便當是家常

裝滿志工媽媽的愛心

是人間美味

忠寮水　忠寮米　忠寮愛

製作忠寮特色的便當

色　香　味　俱全

足以讓詩人朋友們

滿心歡喜

情繫淡水

走過路留下我的足跡

在此生活繫結我的情感

我一生簡單行囊

來到淡水停泊

做個全新自我

我的夢在淡水開始

情感、工作、生活、家庭、孩子

在此實現我的成就

淡水呀！

妳是我永遠的故鄉

石牆子內的花

石牆子內的花──秀英花

香氣讓人舒服

星星點綴如四月的雪

淡水左岸花都

秀英花曾經　輝煌

一斤花苞換一百斤白米

外銷國外

如今秀英花

石牆子內的庭院裡復育

供遊客欣賞拍照留念

我的情人花

妳星星點綴庭院

裝飾我的眼睛

香氣淡雅宜人

那種感覺如我的情人

給予我香氣享受

我吸足它的美感

它的歷史它的生命

價值千金

內心的活力

一次次激觸我

我醉了

醉於妳的美感芳香

讓我為妳舞動為妳喜悅

淡水雨情

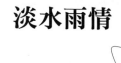

雨一直下

淡水情如雨絲

遊客們

遊淡水的情思不曾減弱

媽媽載孩子去學校

阿伯阿桑趕市集

年輕人也總是

認真打拚

淡水的雨情

展現淡水人的精神

更是淡水的一道風景

在你懷裡

溫暖擁抱你

在歸途的河岸

有你作伴

讓我捨去一身疲勞

偎在你懷裡

謝謝你

鬱金香酒店

忠寮阿嬤

九十幾歲阿嬤

精神飽滿笑咪咪

在家人陪同下

開嗓一唱讓我驚嚇不已

我趕快把手機錄下

這難得歌聲

阿嬤丹田有力歌聲響亮

我厝住忠寮，門口有

一欉玉蘭花跟一欉桂花

親戚朋友有閒來作客……

喔！這就是台灣相褒歌

留在我內心振盪

愛護淡水河

私人遊艇、渡輪

淡水河上慶祝 party

行駛

親愛的遊客們

謝謝你們來遊玩

請不要亂丟垃圾亂吐口水

我是完美無瑕的河流

要做好防洪防汙

城市的美與發展少不了我

我不想嘗試海綿城市的殘

我們城市有著河川與水

共存美

記住來淡水河遊玩

多對我微笑

多拍幾張相片留念

我會記住你來過淡水河

留下美

第二輯

生活的詩

冬季問候

朋友好

在這一年末

謹致上真誠問候

我們送走春夏秋冬季

迎來寒冬

冬季是我們總結季節

或許我們所失所得

不如意

但我們坦誠面對

成長壯大

給予我們大大擁抱

愛自己

自我成長

成長是過程

但我們有把握嗎？

說不定

父母生孩子養大是責任

孩子長大是自己責任

勿養成父母照顧孩子永遠

沒完沒了

成長道路要靠自己

靠山吃山空

靠父母，父母會倒

靠自己比較實在

經歷與過程有待磨練

自己的人生道路不跨出

永遠不知道外面的世界

豔陽高照

曲中人

強表現灑脫

經歷往事露

滿身傷痕累累

但勇敢走出圍牆

心胸坦蕩蕩

以稻草之韌性

努力、奮鬥、堅強

鞏鋪築一片綠地

人生道路總有些包袱

放下吧

對著曲中的我說

妳最棒！妳要加油！

愛心

愛在心

一直都在

我對你的愛

在心中縈繞不斷

愛你

你是否依然愛我

你的笑容你的溫度你的懷抱

永遠在心頭

忘不了

寒露

深秋氣息越來越濃

清晨寒

已在枝葉結冰

山頭的楓葉漸變紅

一滴寒露點點紅

已是深秋

現在的你還好嗎？

家味

母親在世時

回家路近

母親不在了

回家路途遙遠

夢裡

母親準備一大桌

家鄉味

「快吃，這都是你們愛吃的味！」

頑強的草

你

總是一次次遇見困難挫折

但

相信一切都會過去

不擔心未來

對於發生的事

無論好與壞

開心與憂慮

都會

張開雙手熱忱擁抱

堅定信心會遇見更好的未來

努力面對生活

抗議

無聲

你穿越人體

擊敗人類

在世界各國裡

蔓延

無數的悲痛聲

抗議

你善變

但我相信

人類會戰勝你

惡夢

把孩子還給我
女人吶喊

搜身遍體
一針一線不許帶

女人說
我只要孩子

婚姻

婚姻盡頭

傷痕累累

淚流成河

各自飛

換取一份自由

解脫

謝謝婚姻洗禮

談死亡

談死亡

女兒閒聊

媽媽如果妳死了

我怎麼辦

哪有怎麼辦

妳跟兩個表妹辦我後事

妳捧骨灰

兩個表妹

一個捧遺照一個撐傘

妳們流幾滴眼淚

燒一燒

把我骨灰骸葬花葬樹葬

都 OK

本來每個人都會死

只是時間問題

家書

隔海

望家是影子

心在思念

疫情徘迴

我退縮

像隻迷失羔羊

尋找家的方向

父母安可手足同心

思念奏章頁頁在回憶

憶黎歌

黎歌三月三愛情曲

醉人山蘭米酒飄香三色飯

阿哥阿妹唱著山歌你儂我儂

黎錦故鄉紡織的祖師～黃道婆

祖靈定規敦煌壁畫神聖純潔

龍船的蛙圖騰崇拜著信仰

檳榔谷的檳榔定情啊

在黎家無檳榔不成親

在船形屋裡

阿婆麻利編織黎繡

黎家代代相傳

親愛的

親愛的

秋冬即將到來

希望我的問候

溫暖你的心情

希望今天的你每天的你

心情美麗　一切順心

簡單的問候

是心靈深處的感覺

美好的事事

也許不會處處與我們相伴

但我們用心真心

對待過洗禮過

總會有光的感觸

一切一切在不言中

學會知足

比較少些　知足多些
要擁有
不被外界打擾的能力
少關注他人
把注意力集在
讓自己感到快樂

遺言

沒有希望就失去勇氣

給再多的營養蛋白質

只是維持氣息

但我久病臥床

生命無意義

只想早點解脫

寬容的人間愛

我無福享受

感謝了

為和平吶喊

人民享受和平　溫暖

不喜歡戰火硝煙

討厭霸道獨裁

什麼共產主義

騙人

請還人民

一個自由民主

長照的詩

媽媽的心

媽媽很偉大

永遠是孩子後盾

八十幾歲母親

急診室守候六十幾兒子

夜裡

看著滿頭白髮母親

眼珠布滿血絲

但眼神有力直看著

急診區恢復室的門

心裡為兒子加油打氣

「加油！我的寶貝兒子！」

我同樣身為母親

心裡感受萬分

我的孩子感冒咳嗽時

我的心情也是如此

藥膏

老太太洗完澡

叫小王

「幫我拿貼布藥膏」

「好！簡媽，妳這貼布有效嗎？」

「沒辦法，女兒孝心買的！」

「對喔！貼心安的哈哈哈哈哈！」

啊！活到這把年紀子女孝順就好

不要希望奢求什麼

也不會變年輕

事事平安就好

子女孝順

求得好死不受病痛折磨最好

愛自己

生活不幸

疾病折磨

我知道你很累

你想放棄一切

跟隨天使

但

你想過孩子、家人嗎

家人的關心與愛

孩子依你榜樣

你拿什麼回報

你現在唯一能做的

聽醫生的話

好好治療

未來日子裡

好好陪家人孩子

放下

談容易

但真要放下難

我夜晚用淚澆醒自己

該做的治療已經做過

我的孩子還小

不能放棄

我盡我所能努力

跟病魔拚一拚

希望能夠戰勝病魔

我還沒死

居服小姐，妳來了

我還沒死

躺在床上七八年

身上插兩管不能動彈

變成植物人

居服員照往常一樣

準備工作就緒

阿嬤　妳今天服務內容

是換尿布和關節運動

床上老人無動於衷

老人心裡想

我都已經是臥床的人

還需要關節運動嗎

再怎麼動

我也不能下床走路

其實我更需要

洗洗臉漱口漱口洗洗手腳

這樣讓我看起來有精神

居服員看著阿嬤心裡暗思量

阿嬤，我幫妳

用溫水洗臉洗手腳

這樣讓妳看起來乾淨

居服員默默做

最後按服務碼別

服務從事工作

這是居服員的職務

坐在辦公室吹冷氣

督導員、個管師、長照專員

體會不到個案需求

長照 2.0 不錯

但有的需求者沒得到幫助

你是個寶

遠視近觀

你總是平易近人

風趣幽默

話語頻率讓我心醉

心中的琴弦只為你彈

我會晨昏日夜想你

把你當成我心靈的歸岸

讓我成長

病房裡聲音

我要喝糖水

重複講數不清幾次

啊……

我要坐飛機出國

阿爸、阿母、阿弟、阿妹

我錢在衣櫥裡

我的金子幫我戴上

這樣的話

在病房裡聽 N 次

沒人覺得奇怪

習慣了

失智病友阿嬤的話

可以講天南地北

講金銀珠寶

死裡哀求話也有

現實版病人

小姐妳發燒要做快篩

核酸檢測是否有 COVID-19 感染

在負壓隔離診室

一切治療通通檢查

X 光抽血留尿液送檢體

護理人員幫我打上點滴

報告出來

王小姐，妳的白血球太低

妳抵抗力歸零－低

啊！我病得這麼嚴重

妳要住院治療觀察

好

我身體開始變化

全身無力燒燒退退

在防疫病房裡

我感覺我快掛了

我不能掛

女兒還小還有家人

求生慾望變強大

喝水進食強迫自己吃

以前照顧病人

把照顧別人版本來照顧自己

深呼吸心情放輕鬆

吸足氣慢慢把氣吐出來

吸氣吐氣

自己覺得自己好棒

第二天早上

看到久違早餐稀飯

沒胃口

不行我要吃

體力恢復需要

下床挪步走動

推著點滴架

一步兩步走……

要喝水

補充水分藥物的代謝

第三天快篩陰性

轉普通病房

抗生素點滴治療

每餐吃光光

多下床走走

出院

兩芯花

93 歲花朵　83 歲花朵

笑呵呵

紅雞蛋花插耳邊

原來我們也有插紅花

這一天

對妳們現在是美女

路過帥哥美女不要忘記打招呼

哈囉

妳啊！要把我們兩老裝俏

哎呀！妳們兩個無知

現在人審美觀品味不同

有的人要找阿嬤級的

吹牛哈拉聊天

魅力是不分年齡

妳啊！哈哈哈哈哈

我現在的蘋果牌 25 中 50 元

真開心

阿嬤恭喜你中大獎

兩寶

83 歲與 93 歲

老妹老大姐安好

落水無出來行行

要聽孩子的話

好

來去買大樂透

要中頭獎

中大獎我抱妳起來跳舞

哈哈哈哈哈

安爾我愛妳

老妹妳皮膚這隋

老大姐妳也隋

不

我老了

很多外國八九十歲還結婚

好天氣出來行行

有遇到緣投沒

沒

遇到就介紹給妳

好好好哈哈哈

咱來去找帥哥

幸福

老的，妳講什麼

我聽不到

你的紅包全部給我

不行

女兒給我的

我要留這做老本

你啊什麼老本

還不是花我的……

老來鬥嘴是種幸福

期望與失望

期望越高失望越多

只有我知道

多一份愛多一份急救

我不想身體增加拖磨

我不再期望未來

多一份奇蹟

只希望多一份安詳

請不要難過

或許順其自然

心裡就會坦然

努力

自己努力才可幫助自己

別人的幫助有限

生活上的不幸

不是我們想要的

但我們坦然接受

想想妳還年輕

才六十幾

不要什麼都靠老公

中風不可怕

可怕的是妳不積極做復健

我照顧過

像妳這樣例子很多

中風初期努力做復健

很可能康復

湯小姐

妳要加油努力

希望

下次看到妳時大有進步

含笑詩叢24　PG2939

 我在淡水
　　——王亞茹詩集

作　　者	王亞茹
責任編輯	陳彥儒、紀冠宇
圖文排版	黃莉珊
封面設計	王嵩賀

出版策劃	釀出版
製作發行	秀威資訊科技股份有限公司
	114 台北市內湖區瑞光路76巷65號1樓
	電話：+886-2-2796-3638　傳真：+886-2-2796-1377
	服務信箱：service@showwe.com.tw
	http://www.showwe.com.tw
郵政劃撥	19563868　戶名：秀威資訊科技股份有限公司
展售門市	國家書店【松江門市】
	104 台北市中山區松江路209號1樓
	電話：+886-2-2518-0207　傳真：+886-2-2518-0778
網路訂購	秀威網路書店：https://store.showwe.tw
	國家網路書店：https://www.govbooks.com.tw
法律顧問	毛國樑　律師
總 經 銷	聯合發行股份有限公司
	231新北市新店區寶橋路235巷6弄6號4F
	電話：+886-2-2917-8022　傳真：+886-2-2915-6275

出版日期	2023年8月　BOD一版
定　　價	200元

國家圖書館出版品預行編目

我在淡水：王亞茹詩集 / 王亞茹著. -- 一版. -- 臺北市：
　釀出版, 2023.08
　　面；　公分. -- (含笑詩叢；24)
　ISBN 978-986-445-841-7(平裝)

863.51　　　　　　　　　　　　　112011159